정현덕 시집

사랑하는 이에게

정현덕 시집

사랑하는 이에게

사랑하는 이에게

정현덕 시집

덤이

정현덕

전북 고창 출신 1958년생
1997년 순수문학 등단
「고요를 만날 때」, 「그리운 것은 별이되어」 외 다수
갈대 동인

자서(自序)

아직 뼈가 다 자라기도 전에 이리저리로 고향을 떠나야 했던 동무들, 아직은 더 뛰어놀고 싶었던 어린 동무들이, 그리고 언제나한 가족 같았던 동네 사람들 마을 앞을 졸졸 흐르던 시냇물은 한시도 그립지 않은 적이 없었다.

내 나이 사십이 돼가니 그리움이 목구멍까지 차올라 흑백영화속 스크린이 지나치듯 지나가는 그림들을 짧은 글로라도 적어야 했다. 그런데 그게 그냥 시가 되었다고 읽어 주었다.

이후 시는 또 나를 키우고 내 영혼을 아름답게 이끌어 주었다. 지상의 모든 존재들 그리고 보이지 않아도 모든 것을 하시는 자연의 순리와 아픔과 슬픔에도 깊은 감사를 드립니다.

2022년 10월 가을에

정현덕(sori3172@hanmail.net)

차 례

바람이 불면

대한민국(大韓民國)

大韓民國 크고도 광명한 사람들의 나라
光化門 빛이 사방을 덮고
가르침이 만방에 비추인다

여기는 대한민국의 광화문
어둠에 사로잡혀 있던 大韓의 사람들이
병신년 11월 일시에 깨어난 빛의 자손들이

스스로를 깨우치고
그 빛은 사방을 덮고
세계만방에 비치우고 있다.

광명하고 크신 환인 환웅천황의 자손들아!
밝고 환한 단군의 자손들이여!
빛의 후예들이여!

빛의 거리 광화문에서

오랜 잠에서
순식간에 깨어나 날마다 성장하고

평화와 정의의 깃발을 올리고
둥둥둥 북을 울린다

전 세계에
대한민국의 평화 혁명을 선포하자
지구의 자정혁명을 선포하자

평화와 정의를 세워
남북한 평화통일을 이루고

지구촌 곳곳의
전쟁과 분쟁의 살육을 끝내자
하늘과 땅과 사람들의 눈물을 끝내자

세계는
우리 모두의 형제자매이다

누구도 노예로 삼지 말고
누구의 노예도 되지 말라

이 지구를 뒤덮고 있는
어둠의 장막을 거두어 내고
암흑의 세력을 몰아내자

지리하고도 지리한

잔인한 야만의 역사
이 지구의 불행을 걷어내자

전쟁을 멈추고
평화를 사랑하고
널리 널리 이롭게 하라는
단군의 말씀을 온 세계가 실현코자

홍익인간
제세이화
천부경의 나라를 선포하자

밝고도 환한 광명한 빛

크고도 넓은 마음을 가진

人民들이 주인이 되는 나라

빛이 사방을 덮고 지구의 평화를
만방에 선포하는 나라

지금 우리
이 광화문으로부터 시작이다.
大 韓 民 國 弘 益 人 間

바람이 불면

바람이 불고
내 안에
골짜기 하나 생겨나면

나는
들판으로 나아가
시린 바람을 마신다

근원도 없는 바람이
가슴을 넘어
파도처럼 다가오면

어린 굴뚝새
떼지어 노는
들판으로 나아가
푸른 하늘을 마신다

나는
시린 바람에 날려
어느 우주에서 왔는가

들판에 서면
하늘은
하늘은 나의 고향

내 영혼의 고향

바람은 날 자꾸만 어루만지어
내 온몸이 그에게 파묻히면
나는 금방 눈물이 날 것만 같다

백설

오늘은 신(神)께서
새하야니
허공 가득히 오시었습니다

하늘과 땅이 맞닿아
잿빛으로 채워가고

바람도 없이
고요히 와서는
온 들과 숲을 덮었습니다

축복처럼 오셔서
금새 눈물처럼 젖었습니다.

도시인(都市人)

이제 별을 잃어버린 사람들은
밤이 깊어도 잠들지 못하지

바람의 속삭임이 두려운 사람들
자신의 숨소리가 무서워
밤을 대낮처럼 밝히고

그대들 가슴 속에선
푸르른 나무 하나 자라지 못해서

잠긴 눈 속으로 또 한 번 눈을 감고
마음속 마음을 넘어서
용기를 내요
귀를 기울여 봐요

그대의 가슴팍에선
푸르른 나무가 솟아날 거예요

올해 년 섣달 열이틀

올해 년
섣달 열이틀
불혹을 맞는 내 생애

흰 눈이 와서
천지는 하얗고
밤이 다 가도록
불을 밝히어

차마
이대로 잠 못 드는 것은
천지를 덮어버린
폭설 때문인가……

어머니

누르딩딩허니
말라 비틀러진 모과 모냥
늙으신 내 어머니

굽어진 허리로
절름거리며
이리저리 마당으로 방으로 정짓간으로
늙어가는 자식 새끼들
이날까지 걱정으로 키우시는
나의 어머니

당신은 조금도 초라하지 않습니다
당신은 당당하고
어느 장부가 그런 가당키나한 힘을
지니고 있습니까?

산을 옮겨 심는 힘보다
더욱 강하신 내 어머니

중력의 법칙을 거스려

나무를 키우는 대지와도 같이
어머니 대지시여……
대지 어머니시여……

아이야

이 각박한 세상이라 해도
우리 어린 딸은
늘 즐겁다 한다

꼭두새벽에 일어나
머리 감고, 밥 한술에
허겁지겁 뛰어나가도

밤샘하는 시험공부
곤죽이 되어도
학교가 친구가 너무 재미있다 한다

어찌 하느님의 보물 같은 것이
내게 보내져
행복하게 제 삶을 살아가 주니
이즈음 내가 느끼는 크나큰 행복이다

이전에
나로 인해 살던 몸이

어느 새
그로 인해 내가 산다

아이야—
만만치 않을 세상이지만
늘 그렇게만 살아다오
늘 그렇게만……

그러면
나의 세상도
티끌만큼이나
가벼웁게 여길 것이니……

긴 여름

삶이 죽음이라고 했다

돌같이 무거운 머리
더욱 가냘픈 모가지

석삼년이 지나도록
입도 열지 않고
눈물도 흘리지 않는 아이

애비는
아들의 삶이 죽음이라고
살아있는 아들의 넋을
강물에 띄워보냈다

되돌아선
어두운 골목에서
뜨거운 눈물이 목구멍을 타고 넘어왔다

애비는
아들에게 가끔 새소리를 들려주고

그렇게 대여섯 여름을 보냈다

어느 초여름
숲속에서
아들은 세상에 태어나
처음으로 입을 떼 뱉어낸 말
"뜸북이 소리다"
:
:
"뜸북이 소리다"
두 번째 언어였다

잠시 천지는 침묵을 지켰다

긴긴 여름을 보내며

아들은 우주의 비밀스런 음을
감지하고 있었던 것

아들은

그의 영혼을 아름다운 선율에 담아
애비의 영혼에 전해주었다

애비는

신에게 외쳤습니다

오, 신이시여!
생명은 환희였습니다......

별 1

내가 처음 와 본 듯한 이 별은
매일 아침이면 붉고도 붉은 태양이 떠올라

가슴에 일렁일렁거리는
그 무엇을 안겨주고는

내 집 앞마당을 높게높게 지나
얼마간 멈칫멈칫거리며

서쪽으로 기울어질 때면
한참을 한참을
이상한 쓸쓸함과 슬픔 같은 것을 남기고
사라져 갔습니다.

그리고는 이튿날이면 붉고도 붉은 태양이
언제나 언제나
다시 또 떠오르더라구요.

별 2

산과 들은 아름답고
흘러가는 시냇물은
동무들 목소리처럼 다정했죠

이웃들은 가족과 같이
때로는
네 것도 내 것처럼
내 것도 네 것처럼

그러나 보이는 것은 다가 아니다

부자의 창고에는 쌀가마니가 넘쳐나고
가난한 이들의 찬 독은 늘 바닥을 훑고

지독한 빈곤은
무거운 짐을 지고
히말라야를 오르는 나귀와 같아

부자들의 땅은 너무도 넓어
그들의 땅을 밟고서야만

어디로든 갈 수 있었다.

나는 커서 부자가 되지 않으리라.
내가 저 부자였다면
가난한 이들에게
한 됫박의 쌀이 아니라
땅을 나누어 주었으리라

가난한 이들이 항상 배고프지 않게
대지를 나누어 주었으리라
대지를 나누어 주어야지……

천직

천상병은
가난이
자신의 직업이라고 했고
황지우는
가난이
그들의 관례라고 했다

내게 재산이라곤 가난밖에 없으니

때때로
가난이
사랑이 되고
노래가 되고
시가 되지만
그리하여 가난도 살아 볼만하지만

나는
죽어서도
가난하기만 하면 어찌하나

귀향

작은아부지
그러이 오래도록
타향살이 떠돌다가

죽어서야
서러운 이 살 같은 황토땅
어머니 곁에 돌아오셨네여

철없어 세상모르고 자라셨다던

할 수 있는 일이라곤
농사밖에 몰라

서울 가셔도 평생 하우스 농사만 짓다가
그런대로 한 세상 이루시고
이제 돌아와 어머니 곁에 누우시니

할머니도 작은아버지도 안심입니다
살아있는 우리들 서러워 않는 것은
우리도 이와 다르지 않기 때문입니다

할머이,
막내 아들 곁에 가셨으니

맛있는 새참이라도
준비하셔야겠네요.

만가(滿歌)

구름이 지나간 자리
흰새 한 마리 날아오르고

술에 취한 듯
바람에 취한 듯
망촛대 지천으로 피어 흔들리어

붉은 산딸기
저녁노을에 수줍어

불어오는 남풍에 비라도 내려
그 비 온몸에 맞는다면

하늘과 바람과 풀잎들만으로도
오늘은 넉넉히 행복하것다.

무기(無記)

이제는
어둠이 좋다
더 이상 황망한 것들을
바라지 않으리라

하늘의 별들도 빛을 내지 않는
침잠한 차가운 날의 이 깊음

바람도 까딱 않는
묵묵한
하늘을 향해
단지 고요를 바랄 뿐

나무는 이대로가 좋다
이 싸늘한 어둠이 좋다

영영 이별

올 추석에도
나는 무슨 핑계를 대고
고향에 가지 못했습니다

아직은 뼈가 덜 자라
아직은 더 머물고 싶었던
열세 살 내 고향

한가위 돌아오면
배가 부르게 새끼줄을 두른 당산나무

어깨 튼튼한 소나무에
동앗줄을 메고
달님은 둥그런 얼굴로 웃음 가득
신평벌을 떠 올라왔어요

동아줄에 발을 굴러 하늘로 오르면
그 둥그런 달님과 나는
얼굴이 너무도 가까워져
깜짝 놀라

달님도 웃고 나도 웃었어요

밤이 이슥도록 달님과 놀다가
집에 오는데

달님이 자꾸만 날 따라오며
내 옷자락을 붙잡았어요

오……
그 밤 이후 우리는 영영 이별이었어요
영영 이별……
영영……

울지 마세요

파도여, 울지 마세요

왔다가 다시 가고
갔다가 다시 돌아서도

천만 번을
왔다가 다시 가고
갔다가 돌아서도

파도여 울지 마세요
인생은 다 그런 것이예요

참고 견디며 인내하는 것뿐
언제까지나 인내하며 기다려 주는 것뿐

파도여 울지 말아요

사랑은 눈물로 부르는 노래일 뿐

전철에서

메마른 서울을 떠난 지 십수 년
오랜만에 서 보는 서울 세월이 지나니
길가에 가로수가 열매를 달고
서울도 제법 성숙해지는가

전철역 지하도에 서면
촌놈처럼 여기저기 두리번두리번거린다
언젠가 어디에서일까 무엇을 잃어버린 것이 분명하다

그 뜨겁던 청춘이었을까
황망한 열망들이었던가

두리번두리번거리다 얼떨결에 달려온 전철에 올라
자리에 앉으면 한편 두렵기도 하고
두근거리는 마음으로

온통 청춘을 소진하며 짝사랑했던 사람이라도
고향 떠나와 눈물겨웁던 친구들이라도
어쩌다 혹시 마주치지나 않을까

손잡이를 잡고 서 있는 사람들이나 맞은편 자리의
얼굴들을 흘끔흘끔 둘러보지만
지나간 날들을 우연히도 재회하지 못하나 보다

사는 것이 무엇인지
사람은 무엇으로 살아야 하는지

언젠가는 문득 알 것도 같다가
어느 날은 불뚝 불방망이처럼 올라오는 것

삶이란 무엇인가요?

나는 내 심장의 언저리만 떠돌다가
나의 겨울과 대면하여도 되는 걸까요?

얼떨결에 달려와서
시흥이나 안양쯤에 와버린 지금
나의 열망과 번민과 기다림은
쇠락해 가는 장터 곰소의 젓갈마냥
삭아지고 있는데

이 열차는 종착역을 지나
새로운 길을 가야한다는데
그것이 아직도 내가 가야할 이유인가요 하느님!

나그네

초라하고 여윈 50대 중반의 남자가
구청 앞 침침한 나무 밑 의자에
자그만 검은 가방을 안고
어두워가는 저녁을 맞이하고 있다

갈 곳이 없나 보다 누울 자리도 마땅치 않고
지나가는 사람들의 눈이 부담스럽다

나는 모른 척 못 본 척 지나친다
그가 내 마음 속으로 들어온다

어쩌다, 괜히 이 별에
원한 적도 없는데
이곳에 내던져져

어디가 길인지 어디가 물인지
아무도 답을 주지 않는다

어떻게든 길을 찾아야 한다
어떻게든 길을 찾아야 할 텐데……

구청 마당에 꽃이 무더기로 피었어도

어쩌자고 가끔
이놈의 인생은 참으로 참담하기 그지없다

노숙인

멀쩡해 보이는 한 남자가
굴다리 밑에 노숙을 준비하고 있다

"안 돼요! 아저씨, 거기서 잠을 자기 시작하면
안됩니다
어떻게든 벌떡 일어나 용기를 내셔야 합니다"

그의 눈을 바라보며
간절히 그에게 말하고 싶은데
용기가 없어 꿀꺽 그 말을 삼키고 말았다

내내 목에 가시처럼 박혀 있다

'내일도 그 사람이 거기 있으면
꼭 용기를 내서 일으켜 세워야겠어.'

"아저씨 여기 이렇게 계시면 안됩니다
어떻게든 삶은 또 괜찮아질 겁니다
그걸 믿으셔야 해요"

다음 날 그 남자가 보이지 않는다

'다행이다. 안심이다.
분명 마음을 고쳐먹고 용기를 냈을 거야……'

홀로 가는 길

구순의 어머니는 병들고 삐거덕거리는 노구가
너무나 거추장스럽다

어머니는 병든 노구와 외로움에 지쳐
원망스러움을 앓는 소리로 대신하신다

바쁜 생업에 지친 늙어가는 자식들은
엄마의 넋두리와 원망과 앓는 소리에 지쳐 가고
어느 한 놈도 앓는 소리에 귀 기울이지 못 한다

차라리 또래의 친구들이 있는 요양원으로 갈까?
집을 떠나는 것, 영혼을 두고 몸만 가는 길
두렵고 가당치 않으시다

평생 살아온 내 집이 따뜻하지 않고
다 낡고 삐거덕거리며 아픈 몸도 내 몸이 아니니
영혼조차 지쳐 비뚤어지신다

오직, 산다는 것이 당기지 않는 음식을 넘기고
오직, 텔레비전 연속극이 친구일 뿐

봄날의 피는 꽃도 우울할 뿐이다

"이러고 언제까지 살아야 한다냐? 오래 사는 것이 복이란 말
이 당치않은 말이다!"

인간은 오로지 홀로 와서 홀로 가는 길인가!
마지막 옷깃을 단단히 여미여야 한다

죽음 앞에서 더욱 당당히
무소의 뿔처럼 오로지 홀로서 가야 하는 것이
모든 것들의 운명이다

어린 인생

학원 원장을 엄마로 둔
초등학교 2학년인 대인이는 내게 묻는다

"선생님, 사람에게 존재라는 말을 써도 되나요?"
"그렇지, 모든 것은 존재라고 할 수 있지"
"저는 우리 부모라는 존재가 너무 무서워요"
"왜……?"
"저는 매일 8개의 과외를 해야 하고요.
아침 5시면 일어나서 아침공부를 하고 학교에 가야해요.
연어가 새끼를 나러 힘들게 강으로 돌아오잖아요?
제가 연어라면 그렇게 힘들게 돌아가지 않고요,
큰 고기에게 잡혀 먹히고 말거예요"

너무도 총명했던 아이였는데
요즘은 어떤 걸 시켜도
멍하니 시간만 보내며 잠만 자려 한다.

6학년 민지가 말한다.
"선생님, 저는 죽어서 다시 태어나면요, 태어나자마자
바로 자살할 거예요."

"왜!?......"

"그냥요, 공부하는 게 너무 싫고요, 사는 게 싫어요."

"선생님, 사람은 죽으면 어떻게 되나요?"

"기독교에선 천국과 지옥으로 나뉘어 간다고도 하고 불교에선 자신이 성장한 만큼의 그 무엇으로 태어난다고 하기도 하지만 아무도 죽어보지 못했으니 모르는 일이지, 그런데 죽어서 그냥 흙이었으면 좋겠어."

"만약에 제가요, 작은 짐승으로 태어난다면요, 호랑이한테 가서 잡혀 먹히고 말거예요."

"사는 건 좋은 것도 아주 많아 엄마, 친구들, 맛있는 음식, 예쁜 꽃들?......"

나는 속으로 말한다
'사실은 비밀인데 나도 가끔, 사는게 너무 귀찮아'

한여름 밤의 꿈

환상은 끝났다
우리들 한여름 밤의 꿈은 끝났다
군바리 통치자의 가증한 언어들

잠시 침묵이 흐르다
우리는 사월의 복사꽃 마냥
이리저리 나부끼고
우리들의 영혼도 부초처럼 나부꼈다

어깨동무를 하고
'아침이슬'을 부르던 어린 동지들도
'임을 위한 행진곡'도…

우리는 우리의 목숨으로 밥을 지으려 했어
새로운 세상을 위하여,
우리의 목숨이 하나인 것을
안타까워했지

아름다운 밥을 지어
새로운 세상을 만들고자 했어

우리의 순수와 정열 하나만으로

정치와 제도가 바뀌면
새로운 세상을 만들 수 있다는
어리석은 믿음을
목숨보다 소중히 여기며…

그러고는
바람보다 먼저 절망했다

우리는
짓다 만 밥을
개들에게 던져주고
분노의 손을 털었다

그리고 다시는 다시는
어느 깃발 아래도 모이지 않는다
설령 그것이
하나님의 깃발이라도
우리는 모이지 않는다

제각기 자신의 산속으로 들어와
천지가 개벽을 하여도
우리는 꼼짝 안 한다

개들이 무리지어 논다한들

나는 내 길을 가면 그뿐

우리는 어느 길에서 무엇이 되어 만나려나!

새끼 장자

-이종민 씨의 죽음을 애도하며-

최고의 가치와 지상에서 가장 멋진 자태로 비상 하고자 했던
닿을 듯, 닿은 듯 결코 잡을 수 없었던 그 벽 너머 한 줌 바
람
더듬거리며 날개를 퍼덕이다 기어이 겨울바람과 함께 추락해
버린…

그대 세상은 너무도 만만하여 오만하기도 했었지, 새끼 장자—
그대의 자유는 늘 그대를 지나쳐 저 건너 바람으로 달려가고
있던 거야.
날아보고자 버둥치는 만큼 더욱 꽁꽁 조여만 가고 그대 죽음
의
냄새를 맡으면서도 날아오르기만을 기다렸어

만만했던 새끼장자, 그대는 넓은 하늘만 보았지
내면의 바다를 만들지 못했던 거야.
그 밤 그대 사나운 바람으로 모질게 후려치며
휘감아 돌더니

이제 뜨겁던 그대 삶 솟구쳐 올라

그대 모든 올가미들이 그 영혼을 휘감을 지라도
낱낱이 벗어버려 새끼장자

이제 날아올라 아름다운 별의 일부가 되어,
새끼 장자!

새 1

겁도 없이 깝작거리며
어미 품 떠나와

어디까지 왔을까
어디까지 와 버린 것일까

어디선가
어미 목소리 환청이 들리고
지나가는 바람소리에
아기새
심장이 후두둑 내려 앉는다

덧없이 해는 서쪽으로 기울어 가고

아기야, 겁먹은 눈으로 삐약거리며
실낱같은 그 여린 다리로
어데 즌데를 디뎌갈거나

새 2

한 번 떠나면
다시는 되돌릴 수 없는 세월인 줄
어린 내가 어찌 알았겠어요

봄비가 끝없이 내리는 밤이면
기찻길 옆에 두고서도
아부지 생각나
소쩍새 울음으로 목이 쉬었지요

세월이 가면
뼈아픈 낯설움도
갈대처럼 스러져 간다는 것을
이제 나이들며 알았습니다

아직도 늙으신 노모
죄인인 양 머언 낡은 집 고향에 계시고

오늘은
나도 퍼덕이던 날개를 접어
노을같이 조용히 기울고 싶지만

그 또한 세월이 수상하니
한때, 바람이 불어옵니다.

편지

겨울은 춥고 메마르다
봄이 오더니 꽃잎과 함께 지고
여름이 와서 대지를 풍요롭게 한다.
가을이 올 것이다.

투명한 하늘과 먼 산과
아득한 친구들의 아름다운 추억이
가슴에 가득 차면
밤은 깊고 괴로운 시간이 될 것이다

친구여, 우리가 이 땅 위에
마지막까지 붙잡을 것이 무엇인가,
우리 무덤 위 향그러운 꽃을 피우기까지
위하여 나날을 살 것.

사랑하는 이에게

사랑하는 이에게

당신은 나에게 기다리라고 한 적도 없었지요.
오실리도 없는 당신을 기다리며
먼발치서 걸어오는 사람이
다 당신 같아
다 당신이었다가 사라지며 사라지며…

그대 그리운 날
눈보라 치고
눈보라 속 툭툭 털며
당신 오실 것 같아
심장을 두드리며 두드리며
얼굴을 붉혀
당신 마중하여 나갑니다.

당신을 기다리던 자리
지친 꽃잎도 시들었지만
시들지 못한 가슴은

더운 호흡으로
그대 귓전을 더듬다

낮은 한숨으로 한숨으로 터집니다.

그대는, 너무도 아름다워
꽃으로 나셨나요,
아니
꽃이 당신으로 나신 것이 아닌지 몰라!
당신의 그 향기와 목소리에
내 영혼이 혼미하여
바람에 날리며 날리며

그의 가슴을 더듬어
사랑한다고 사랑하노라고…

얼음이 언제나 녹아 불이될까
그대 바라다 바라다 지쳐
아직 사랑은 그 길에 젖습니다.

달맞이꽃

당신을 보고자
긴 겨울을 기다려
길섶에 섰습니다

낮이 아니어 밤이면 어떻습니까,
살랑거려
바람이는 저녁이면
더욱 어떻습니까,

세상의 무엇을 더 사랑할 수 있었을까요,

슬픔과 그리움의 강이 뒹굴어
노오랗게 꽃잎으로
달을 밝히거든
달을 밝히거든

긴긴 여름날
낮달로 희미하더라도

지상에서

가장 아름다운 미소를 피우던 밤
그 꽃다움을 잊으려 하십니까!

바다

나는 날마다 가고
너는 늘 거기에 서 있다.

너는 날마다 오지만
내 꿈속으로 들어오지 못하고

내 영혼이 흔들리는 울음을
소리내어 울어도

나는 너가 없는 바다를 어찌 못하네.

파도야 파도야

파도야 어쩌란 말이냐
삼백예순날 하냥 쫓아와 보채인들
내가 무엇을 어찌 할 수 있단 말이냐
님인들 무엇을 어찌 할 수 있겠니,

너는 바람소리 함께 울며
달려와 달려와 보채인다만
나는 또 이렇게 무엇을 아무것도 어쩔 수가 없구나.

내 영혼을 검은 빛으로 태워도
하릴없는 바람만 날려
흰 모래알만 서걱일뿐
파도야 어쩌란 말이냐!

숲속으로 난길

내가 그대에게
언덕이 되어 주었듯이

그대 가끔은
내게 큰 고목처럼
편히 기댈 수 있는
그런 늙은 나무였으면 좋겠소

그대는 내가 늘 신 인줄 알지

살랑 바람에도
떨어지는 꽃잎처럼
나도 가끔은 낙엽 지는 소리 서럽다오

살 같은 세월 흐르는데
가끔 내게 연인이 되어주오

그대 첫눈 내리거든
내게 연인처럼 꽃다발로 와주소

그대 흰눈 내리거든
내 손 잡고 숲속으로 난길 걸어주오

즐거운 그대

그대는 내 즐거운 아이

그대는 유머스럽고
가끔은 떼쓰는 아이같고
그대 하늘 닮은 푸른 소년 같아

그대는 내 삶 속에서
가장 아름답습니다.

집에 가는 길

홍수

홍수나 냇갈뚝 넘쳐넘쳐
방천의 고목나무 우지끈 부러지고

신작로 논뚝 할 것 없이
물이 넘쳐넘쳐 흘러내리면

우체부는 관 두께에 동네편지 매달아 건네주고
붕어들은 신작로에 논뚝에 팔딱팔딱 뛰어올랐다.

아이들은 붕어 잡으러 이리 뛰고 저리 뛰고
허둥대지만
붕어는 한 마리도 못 잡고

아이들 신발짝만 잃어버렸다

학교 앞 점방 집

학교 앞 점방 집 유리상자 안에
처음으로 보는
앙꼬빵, 크림빵 돌돌 말아 썰어 놓은 빵

한 개에 십 원

조무래기들 와글와글 모여
눈요기만 하다가
군침만 흘리다가

눈 속에 집어놓고
뿔뿔이 집으로 달려갔다

고무 줄 놀이

기성회비 못 내
쫓겨 오던 날

논지나 냇갈 건너

산속 야트막한 언덕을 오르면
소나무 숲 오솔길

우리는
거기서 고무줄을 했다

집에 가면 뭘 해

내일 일이 걱정이
안 되는 건 아니었지만

어쩔 수 없이
우리는 고무줄이나 했다

해가 다아지도록

우리는 고무줄을 했지

집에 가는 길

학교 파하고
집에 가는 길
들판 지나 냇갈 건너
한참을 더 걸으면
키가 큰 껌정 밀밭

키 큰 밀밭 속
아이 잡아 간 빼 먹는 문둥이
숨어산다 하여

딸랑거리는 도시락 필통은
소리 안 나게 해두고
책보는 어깨에 허리에
단단히 둘러메고

고무신 벗어 양손에 들고서
등줄기가 후줄근해지도록
밀밭 지나 언덕길 뛰어 오르면
이제는 휴우…….

더 깊은 소나무 숲이지만

우리는 키 큰 껌정 밀밭만 무서웠다

휘파람

해마다
남의 집 머슴 살던 재만이 아재
냇갈 방천에서 깔을 벨 때면
늘 휘파람을 휘들어지게 불었다

"말을 매는 나그네야 해가 저문다.
꿈에 어리는 꿈에 어리는 항구 찾아 가거라"

휘파람을 부르다 노래 부르다
깔 베는 저녁녘이면
그 노래 소리, 휘파람 소리
들녘을 메웠다

재만이 아재
푸른 옷 입고 군대간 뒤

신평할매
우리 재만이 배고프지 말라고
항상 밥 한 그릇 더해
식기에 담아

74

아랫목에 묻어 놨었는데

재만이 아재
낙엽이 지던 어느 날
낙엽 따라 가버렸다

온 산과 들도 숨을 죽이고
신평할매
피맺히게 울었다

신평할매
술만 걸치시면

"재만아 재만아
남의 집 일꾼만 살다간 재만아
부모. 잘못 만나 고생만 하다간
내 새끼 재만아……"

할매는 회칠한 무덤을
가슴에 안고
넋두리로 삶을 이으시는데

아재,
꿈에 그리던
어느 그리운 마을에 말을 매시능가요…

아재,
동작동 국립묘지에는
휘들어지는 휘파람 소리 들릴랑가요…

덕순이는 내 동창

덕순이는 내 동창
나보다 나이가 세 살이나 많아
그래도 덕순이는 덕순이지

달 있는 날 밤마다 놀러가면
첸벤아짐 첸벤아제
늘 내게 노래시켜

서산너머 햇님이 숨바꼭질할 때에
수풀 속에 새집하나 촛불하나 켜놨지요

예쁘게 무용해가며
열심히 노래 불렀다

노래가 끝나면
행복하게 박수쳐주어
스타가 따로 없지

내 동창 덕순아
널 본지 30년이 다 돼가는구나

천사 같은 우리 할머니

정지문 옆에 못하나 박아서
빈 쇠주병에 넣어 노끈 묶어
걸어놓은 참기름 병
그 참기름 병 아무나 손 못 댄다.

아부지 밥 비빌 때
큰 오빠 밥 비빌 때
울엄마 음식할 때만
할머니가 따라 주시고

병 끝에 묻은 참기름
할머니 혓바닥으로 핥으시고
구멍 막아 다시 걸어 놓으셨다.

그 참기름 먹어보고 싶어
할머니 샘에 나가신 저녁 내동생하고
밥에 참기름 담뿍 부어 비볐는데

이게 무슨 맛 너무 느끼해
아까워 못 버리고 먹어치우고

시치미 떼고 있는데
할머니 들어오시더니

"뭔 참기름 냄새가 동천을 한디야"

인자하신 할머니
"참기름 너무 많이 넘으면 못 먹는 것이란다"
한마디 야단도 치지 않으셨다
천사같은 우리 할머니

모심기

모심는 철 돌아오면
선동국민학교 상급생 다모여
길게길게 줄지어 신작로길 따라
모심으러 갔다.

"올해는 일하는 해 모두 나서라
가난을 물리치고 행복을 심자"

"맹호부대 맹호부대 용사들아
가시는 곳 월남땅 하늘은 멀더라도
한결같은 겨레마음 임의 뒤를 따르리라"

코끝이 찡하도록 노래노래 부르며
일하러 갔다.

어린 고사리 손들 모여 줄잡고 모심으면
쇠그마리 달라붙어 소리소리 지르고

아픈 허리 뒤로 재쳐가면서
조금만 능장을 부리면 모를 빼먹었다.

해질녘 다되면 논에서 나와
볶은 보리 한 대접씩 치마폭에 개아짐에
받아 추워 오돌오돌 떨며
먹으면서 돌아왔다.

"올해는 일하는 해 모두 나서라
가난을 물리치고 행복을 심자"
노래노래 부르며 길게 길게 줄지어 돌아왔다.

내 고향

어릴 적
내 고향 동네 앞에는
송사리 몰려다니는
시냇물이 흘러
사시사철 우리들의 빨래터 이야기 터

앞산과 뒷동산은
나즈막한 소나무 숲
그 숲
가을이면
붉으스름하게 단풍 들던 곳

집집마다
감나무 서너 그루 서 있어
때늦은 가을이면
까치밥 몇 개씩 대롱대롱 매달고

아이들은 샘가에서
목자 차기에
해지는 줄 몰라

하나씩
동산이 울려
저녁 먹으라 불려 들어가면

늦가을
초생달만
동그란 새암가를 비추었다.

왜 여자만이 울어야 하나

내가 태어나 처음 본 영화제목
"왜 여자만이 울어야 하나"

난생 처음 보는 짚차 한 대
동네방네 신작로길 지나며
소리소리 질러댔다.

"면에 천막극장 들어왔다"고
"왜 여자만이 울어야 하나"고
"슬픈 영화"라고

저녁먹고 동네 처녀총각들
십리길 걸어 영화보러 가는데
나도 큰 오빠 작은 언니 손잡고
따라 갔었다.

엄마와 아이가 울면서 헤어지는 장면
너무도 슬퍼
가슴이 미어지도록 울다가 잠들어

큰 오빠 넓은 등짝에 업혀서
둥그런 달님과 함께 왔다.

바늘 도둑

놀러간 명자네 작은 방 마루벽에
바늘 한개 꽂혀 있어

저거 갖다 우리엄마 주고 싶은 마음
굴뚝같은데
어쩌나 어쩌지

바늘도둑이 소도둑 된다 했지
그것이 하필 바늘이라니

아직도
그 바늘 명자네 작은 방 마루 벽에 꽂혀 있다.

꽃 키우는 팔자

우리 엄마 팔자
평생을 가도 고달픈지라

어느 날 지나가는 무당 찾아들어
당사주를 봐주었는디

전생에서 이승 나올 때
꽃 한 송이 톡 꺾어

그 벌 받아 평생을
척박한 땅의 꽃 한 송이
물 주어 가꾸어야 할 팔자라 하네

필시 울 아부지
척박한 땅의 한 송이 꽃이지라우.

새암에 빠진 광석이

엄마도 없는 광석이
아버지는 해마다 머슴 살러 가시고
형제가 하도 많아
몇인지 기억도 안나

새암에 빠져서
죽을 고비를 넘겼지만
머리에 땜통이 생긴 광석이

동네 어른들
눈이 커서 눈보야 눈보야 했다.

엄마도 없이 불쌍하게 자랐지만
술래잡기하던 어린 동생뻘
해질 때까지 술래만 하다가
서러워 울먹이면
대신 술래도 되어주던

언제 집 떠났는지 기억도 없지만
배타다 사고로 죽었단다

광석아, 부디 엄마 찾아가 잘 살그라이.

나무

내가 가장 좋아하는 나무는
박수근의 나무입니다.

박수근의 큰나무 아래서는
여인이 언제나
누군가를 기다립니다.
잎사귀도 없는 큰나무 아래서

질곡처럼
여자는 아이를 등에 업고
멀리 떠난
정읍사의 지아비를 기다립니다.

해가 저물고
날이 어두워지거든요

"달아 노피곰 도드샤
머리곰 비치오시라
져재 녀러신고요
즌디를 드디욜셰라

어느이다 노코시라
내 가논디 점그롤 셰라"

큰 나무는 언제나
거기 산처럼 서 있습니다.

할머이

울 엄마
시집와서
시어머니 너무 좋아
평생을
잘 지내셨다

우리 할머이
우리들
학교 갔다 돌아오면
먹을 것 감춰놨다 몰래 꺼내 주시고

어쩌다
손님이라도 오시면
저것이
끄렁불 메서 밥도 할줄 알고
버선 뒤꿈치도

깨끗이 빨줄 안다고
자랑하셨다

우리 할머이

쇠약해져
자꾸만 속곳에
오줌을 지리시고
나는 할머이하고 안 자겠다고
떼를 썼다

어느 겨울
눈이
무릎까지 쌓였던 날
우리 할머이
저승으로
돌아가시고

덕분에
학교안간 나와 사촌들 모여
우리는 즐거웠다.

동백꽃 새색시

함박꽃 같은
눈이 내리던 날
어여쁜
기석이 각시
동백꽃다발 쓰고 시집왔다

새색시 시집오면
삼년 동안
대문밖에도 못나와

그 예쁜 얼굴 보고싶어
학교 갔다 오던 아이들
대문 틈으로 훔쳐보다
사나운 때거위한테 들켜

엄마야—우당탕탕
줄달음치는 소리

독 잡기 하는 아이들

두 그루 감나무 잎이져
앙상한 가지만 남아있고
정다운 이 아이들은
전설의 아이들입니다

그 옛날 언덕 저너머의 우리들
내친구 경님이랑, 미님이, 명자

감꽃이 피어 떨어지기 시작하면
날마다 감나무 아래서 독 잡기를 하며 놀았죠
꽃들이 지고 나면 파란감이 툭툭 떨어지는
나무 아래서 고무줄로 했었죠

그런 이야기들 간직하고
아이들 하나 둘 고향을 떠나갔습니다.
어디론가 기쁘고도 슬픈 추억 가슴에 담고
이리저리 떠나갔습니다.

그리고 머언 훗날에
내동무들 가끔 꿈같은 꿈을 꿉니다.

머얼리

동네 어른들 하시는 말씀

"숟가락 길게 잡으면 멀리 시집간단다"

가난한 우리 집 싫어
멀리 시집가려고
숟가락 멀리 잡고 밥 먹었다

지금도 아주 멀리에 있다.

백운촌 여자들

한셀 넘어 동네 백운촌 여자들
깔도 베러 다니고 모심기도 한다는데

참, 벨 여자들 다 있다고
쌍것들이라고

우리동네 박산하나부지
손가락질 끌끌끌 쯧쯧쯧.

남자 동창

용석이는 한동네 먼 친척 내 동창
우리는 언제부터 남녀제외
얼굴 봐도 생전 모르는 척

어느 날 밤 정님이 언니따라
곗돈 주러 용석이네 갔는데

용석이 방에서 잔다하여
방에도 못 들어가고
달 밝은 토방에 앉아 있었다.

혼자 무섭기도 하고 들어오라
성화하여 들어갔더니
용석이도 부끄러워 자는 척 눈 감고 있었다.

그 후 30년 다 되도록 한 번도 못 만났다.

멸치장사

선동 모회자식
우리 엄마 멸치장사라고 놀려대

어쩌다
우리 엄마 학교에 오시면

나는 우리 엄마 피해
포폴라 나무 뒤로 숨고

우리 엄마는
날 찾아 여기저기 기웃거리셨다

멸치장사 우리 엄마가 부끄러웠다

선운사

작은 언니 사진첩에서만
그리워 보았던 선운사

수학여행비 없어 못 가보고
그리기만 하다가 고향 떠나와
내 가슴 속 깊이깊이 접어두었던 곳

송창식의 "선운사에 가신 적이 있나요"를
어느 한 겨우내 듣고 또 듣고

30년 세월 다 되어
내 사랑 내 남편하고
병든 울엄마 모시고
가 보았던 선운사

내 오랜 기다림 아릿한 아픔으로
더욱 깊게 느껴지더이다

올해 이 가을도
여인내의 그 다소곳한 산자락으로

붉은 단풍잎으로 물들고 있겠죠

울 아부지

봉래산 제일봉에
낙낙장송 같으신 울 아부지
그 꽃 같은 마음으로
누군들 사랑하지 않으셨겠어요

자식들 주렁주렁 낳아
가르치지도 못하고
하나 둘
밥벌이 할 나이멕여
모두다
서울로 광주로 떠나 보내셨던

살붙이 하나씩 떼어낼 때마다
죄짐 하나씩 짊어지시고
어디다 원망인들 하셨겠어요

살붙이들 떨어져 나와
그리고 정 붙이지 못할
서울로 광주로 떠돌아다닐 때

아부지 인생도 아예 놓으시고
사랑방에만 계시어
라듸오 하고만 친구하시고

언제부턴가
아부지 밥벌이도
늙은 엄마가 도맡으시고

희미한 눈으로
오래된 감나무 올려다 보시며
이제는 어서 가야 할텐데 걱정이다

아부지, 이제 좀 행복해지셔도 되잖아요

술항굴 애기초분

술항굴은 학교 가는 길
저기 논 건너편 습지고 어둑한 곳
항아리로 만든 애기 무덤

윤달에 죽어 묻지 못하고
항아리 무덤 만들어 마람으로 덮어놨다

그곳은 분명히 귀신이 나오는 곳
죽어도 혼자는 못 다닌다

햇빛도 없는 어둑한 서쪽에
애기는 엄마도 없이 항아리 속에서
늘 무섭고 슬프겠다

투표와 수건

우리나라 대통령 뽑던 날

박정희랑 김대중 놓고
투표하던 날

온 동네 사람들 면에 나가
투표한다

일손 놓고 나들이 옷 입고

"엄마 누구 찍어?"
"찍긴 누구 찍어, 수건 준사람 찍제"

수건 준사람 당선되다

큰오빠와 날달걀

누런 씨암닭 한 마리
헛간에 자리하고 앉아
날마다 한 개씩 알을 낳았다

엄마는 큰오빠에게만
날마다 날 달걀 한 개씩 주시고
큰 오빠 달걀 양쪽을 톡톡 구멍내
쪽쪽 빨아 마셨다

'저 달걀은 얼마나 맛있을까?'

아무도 없는 날
달걀 망태 꺼내보니
대여섯 개 들어 있어

'울엄마 몰래 한번 먹어보자'

달걀 양쪽에 톡톡 구멍 내
쭉 빨아 마시는데

아! 이 비릿한 맛
우욱 토할 뻔했다.

소 망

지붕도 없고 울타리만 있는
우리집 소망
큰 항아리 세 개 나란히 묻어놨다

입을 벌리고 하늘로 향한 소망은
비가 오면 비를 담고
눈이 오면 눈도 받았다

여름이면 파리떼들 제철만나
신이 나서 오락가락
구더기도 철만나 와글와글

대로는 똥이 너무 차
똥누기 힘들고

여느땐 똥 다 푸고 소매만 조금 남아
풍덩풍덩

엉덩이를 하늘 향해 들썩이며
풍덩풍덩

어쩌다 우리 형제들
소망에 통째로 빠졌다

사랑하는 이에게

공영원 시인 • 평론가

　　시인의 첫 페이지에 '대한민국'이라는 시가 놓여 있어 문득, 이 시인의 주류(主流)는 '세계평화주의자'라는 생각이 퍼뜩 스쳐왔다. 이는 필자의 생각과 전혀 다르지 않아, 시가 되고 아니 되고를 떠나서 어쭙잖은 제게 해설을 부탁하는 데 대해 선지식으로 가장한 학자풍을 거들며 나 몰라라 거절할 수가 없었다. 문학이든 예술이든 정치든 사회든 그 모든 것의 집합체는 공존(coexistence)이기 때문이다.

　　우리나라를 세운 환웅 환인 단군의 정신, 그 큰 태백(한밝) 정신을 이어간다면 지역과 지역, 남과 여, 노와 소, 여와 야, 남과 북, 좌와 우, 그 모든 것을 떠나 한데 뭉쳐 세계평화를 이룰 수 있기 때문이다. 누구든 그 저작의 첫머리는 자기가 가장 내세우고자 하는 작품을 놓기 마련인데, 이 시인은 바로 그 '평화'의 정신을 온몸으로 살고 있다는 생각이 들었다.

　　평소에 쓰고 있는 시작들이 대부분 '상처받는 자들'과 '작은 것들의 아픔'을 대신해 울고 있었기에, 인간 평등의 존엄한 세계관을 가진 시인의 고독한 몸부림이 아름다웠다. 서민들은 가진 것이 없는 자들로서 그 힘이 미약하기 때문이다. 그러나 어찌 왜소하다고 가만히 있으랴. 없는 자의 울분은 굽히지 않고

110

풀잎처럼 일어서는 의지가 있다. 신의 발자취가 경이롭다. 시인의 고함은 그 빛으로 지구촌 곳곳의 전쟁과 살육을 끝내자고 외치고 있다.

근원도 없는 바람이 가슴을 넘어
파도처럼 다가오면 - 나는 바람에 날려
어느 우주에서 왔는가 들판에서면
하늘은 나의 고향 · ·

그렇다 '사람과 세상'을 사랑하는 마음이 있기에 <하늘은 내 영혼의 고향>이라 말하며 이 시인은 웅변하고 있다. 대한민국 첫 시어가 생경했다면 뒤이어 오는 시들은 사뭇 소박하고 부드럽고 섬세하다. 오늘 신께서 새하얀 허공에 가득 오시었습니다. 축복처럼 오셔서 눈물처럼 젖었습니다. 백설, 마치 눈이 비처럼 가슴에 젖는 감격을 순수(純粹)의 마음에서 화자는 받아 안고 있다.

산을 옮겨 심는 힘보다
더욱 강하신 내 어머니
나무를 키우는 대지와 같이
어머니는 그 대지이시다

어머니의 한없이 크고 넓으신 사랑을 아주 잘 새겨 넣고 있다. '아이야' 에선 이전에 - 나로 인해 살던 몸이 어느새 그로 인해 내가 산다 - 라는, 경구와도 같은 시로 풀어냄은 가히 오랜 시력을 엿볼 수 있다.

필자를 더욱 놀라게 한 것은 <별 1>이었다. 커다란 기교나 꾸밈, 난삽한 이미지로 감추어 독자를 현혹시키고 혼란하게 하는 그런 것 하나 없이, 우리네 깊게 생각하며 살고 싶은 사람이라면 누구나 다 느낄 수 있는 그런 감복으로 시냇물처럼 굽이쳐 흘러들게 한다. 흔한 일상이지만 결코 흔하지 않는 센스 데이터가 읽는 이의 잠자는 의식을 은은히 무섭게 깨우치고 있다. 걸작이다. -그리고는 다시 떠오르더라고요- 라는 혼잣말은 소설이나 드라마에 독백이나 방백처럼 항구여일한 자연의 이치를 풀어서 독자에게 깊은 의미를 던져주며 가슴에 전율로 흔들어주고 있다.

　가난한 이들에게 한 됫박 쌀보다 대여섯 마지기씩 대지를 나누어 주고 싶다는 호소는 마치 평화스럽게 살던 땅을 침범해 점령하던 초기 미국 개척자의 장군 앞에 인디언 추장이 - 가질 수 없는 하늘과 바람을 어찌 당신 것이라 말하는 것이오! 저 자유롭게 흘러가는 구름과 먼먼 옛날 태고적부터 그냥 놓인 이 대지의 풀과 나무를 어찌 당신들 것이라 주장하는 것이오! 모든 것은 세상을 지으신 신, 하나님의 것!! 당신의 것은 여기에 아무것도 없습니다. 당신마저도 하나님의 것입니다! 노루와 사슴이 뛰어놀도록 저 대지를 그냥 있던 그대로 놓아두고 가시오!! -
　이 시는 원문이 아니라 필자가 생각나는 대로 새로 덧붙여 쓴 시이지만, 지금 시대에 광풍으로 휘몰아친 이기와 살육의 전쟁 앞에, 이런 인디언 추장의 시는 많은 탐욕으로 들끓는 인간들에게 경서와도 같다. 절대자 앞에 선 모나드 (monad)로서 눈과 귀와 살과 뼈에 새겨야 할, 철창으로 내려치는 죽비이다!

우주의 섭리를 체득하고 시와 철학으로 깊이 있는 삶을 사는 사람으로 가득 차 있는, 사랑할 수밖에 없는 세상은 파라다이스다. 흔히 부자들은 깊은 인생의 의미를 감지하지 못한다. 가난이 노래가 되고 시가 되는 사람만이 삶의 의미를 깨닫게 된다. 그래야 공평하다. 그렇기 때문에 시인은 하늘과 바람과 풀잎만으로도 행복한 것이다. 제일 가난한 사람은 더 이상 가난하지도 않아도 된다는 -끝-을 알기에 시인은 어둠이 좋다고 외치고 있다. 그 마음을 위로하는 게 추석의 달인데 그때 어린 시절 이별한 꿈의 달을 다시는 찾을 수 없는 안타까움을 걸어 놓는다.

그래서 파도여 울지 말아요. 사랑은 눈물로 부르는 노래일 뿐이라고 체념과 초월을 함께 접안 하고 있다. 또 한 번 전율을 느끼게 하는 장면이 이어졌다.

이 열차는 종착역을 지나

새로운 길을 가야 하는데

그것이 아직도 내가 가야 할 이유인가요. 하느님!

'전철에서'에 시구다. 눈물이 핑 돌 정도로 삶과의 투쟁이 낭자하다. 그리고 이어서 - 어쩌자고 가끔 이놈의 인생은 참으로 참담하기 그지없는가 - 라고 조용히 붉게 붉게 외치고 있다. 정치와 세도가 바뀌면 새로운 세상을 만들 수 있다는 믿음은 이제 하느님의 깃발이라도 우리는 모이지 않는다. - 고 하는 절망감을 누가 구원해 줄 수 있을까.

한여름 밤의 꿈도 그렇게 모두가 아름다운 세상이 되기는 글러 먹었다는 좌절감의 탄식이다. 거기에는 이종민 씨 죽음을 애도하며 쓴 -새끼 장자- 에도 나타난다. 그대 올가미들이 그 영혼을 휘감을지라도 한 오라기도 남기지 말고 자유롭게 훨훨 날라고 외치고 있다. 실낱같은 그 여린 다리로 어데 즌데를 디며 갈 거나_하며 안쓰러운 마음과 함께하며 부르는 시인의 외침은 고독의 포효이다. 오실 리도 없는 당신을 기다리며 사랑한다고 사랑하노라고 길에 젖고 있는 시인을 알아주셔야 그게 세상이다.

그 –당신은– 한용운 시인의 시처럼 이 세상 그리운 그 모든 것이다. 기성회비 못 내 고무 줄 놀이하던 어린 시절 순수하지만 가슴 찔리는 아픈 가난의 추억은 읽는 이로 하여금 숙연하게 한다. 아재 ·· 꿈에 그린 어느 그리운 마을에 말을 매시는 가요 ·· 라는 –휘파람– 이라는 시에서 다시 또 깊이 침잠하게 한다.

아들의 무덤을 쓸어안고 재만아 ·· 재만아 ·· 외치는 어머니 뜨거운 눈물은, 이데올로기 앞에 전쟁으로 희생된 우리 아픈 역사에 핏빛 흐느낌이다. 아마도 그것은 – 올해는 일하는 해 모두 나서라 / 가난을 물리치고 행복을 심자 / 외치는 소리에 섞인, 인간의 행복을 위해 인간이 인간을 죽이는 – 인간들의 장난이 한심하다는 시인의 푸념일 것이다. 그러다가도 우리 동네라는 시에서는 너무도 순수하고 맑은 눈동자로 샘물을 응시하고 있어 순수를 잃지 않는 시인의 맑은 심성이 돌아앉아 있다. 그리고는 왜 여자만 울어야 하는가는 가설극장 영화 보고 빨갛게 울던 화자를 업고 오는 오빠의 따뜻한 등짝이 너무도 그립고 그리운 추억으로 어린 시절을 에워싸 돌고 있다.

하나씩 동산에 울려 저녁 먹으라 불려 들어가면 늦가을 초생달만 동그란 새암가를 비추었다- 내 고향 이 시는 경시에 가깝지만 결코 경치로만 끝나는 게 아니다. 맨 마지막이 동그란 새암가를 비추었다고 말해준다. 그것을 풍경으로만 볼 것인가 어린 시절 순수하고 맑은 눈동자로 뛰어놀다가 함께 놀던 정다운 친구들과 헤어지고 난 끝에 가만히 초생달이 샘물을 빛으로 비춘 것은 마치 윤동주 씨의 자화상에서 쓸쓸한 자기를 떠나지 못하고 우물가로 돌아와 바라보는 모습처럼 어른이 되어버려 다시는 그 아름다운 날들로 돌아갈 수 없는 애틋한 정감이 깃든 아름다운 서정이다. 그것은 시인이 얼마나 아름다운 마음을 사는지 말해준다. 단지 척박하고 냉정한 현실 앞에 그 착한 마음이 손상되어 날카롭게 비치는 것뿐이지 결코 아름다움이 사라진 것은 아니다. 이것은 다음 시에도 나타난다. 놀러간 명자네 작은 방 마루 벽에 바늘 한 개 꽂혀 있어 우리 집에 바늘이 없어 저거 갖다 우리 엄마 주고 싶은 마음 굴뚝 같은데 어쩌나 어쩌지 바늘 도둑이 소도둑 된다 했지 그것이 하필 바늘이라니 아직도 그 바늘 명절에 작은 방 마루 벽에 꽂혀 있다 - 바늘 도둑

　이렇게 맑고 이렇게 순수한 시가 본연의 정말 아름다운 시인 것이다. 이렇게 작은 미물 하나가 내 가슴속에 커다란 충격으로 먼 파장의 새벽 산사의 종소리로 울리다니...... 오솔길에 홀로 우는 산새 소리에 놀라 가만히 떨어지는 솔잎처럼, 곱고 어여쁘고 포근하여 그 시의 밭에 오래 앉아보고 싶은 심정이다. 이웃의 싸움, 세상의 전쟁, 모두 다 이런 시인의 푸르고 맑은 '하늘 마음'이 없기에 일어나는, 참으로 바보 같고 어리석은 인간 세계를 경고하는 시이다.

새암에 빠진 광석이 시에서도 마지막 연이 애달프다. 엄마도 없이 큰 광석이 ·· 언제 떠났는지도 기억도 없지만 배 타다 사고로 죽었단다 부디 엄마 아빠 찾아가 잘 살았으면 ·· 누구든 자기가 태어나고 싶어 태어났겠는가? 하늘과 운명이 점지해 어쩔 수 없이 세상에 투기된 존재들이다. 그래서 배 타다 죽은 그 영혼을 '잘 살 그 라' 하고 화자는 말하고 있다. 살거라 했더라면 시의 울림이 덜했을 것이다. 그러나 잘 살그라 라고 산골 메아리와 어머니가 끓여주시는 된장국 익은, 마음의 가지를 꺾어 눈밭에 놓아 햇빛에 비친 그 그림자가 더욱 가슴 아리게 하는 것이다. 이처럼 시인은 철학을 배우지 않아도 이미 철학자이다. 하이데거의 실존이 겨울나무에 매달려 목메어 우는 듯하다.

나무라는 시에서는 우리 시의 원형처럼 비추는 정읍사를 인용하여 박수근의 나무 아래 먼 길 떠난 사람 기다리는 우리네 어머니의 아픈 역사를 형상화하고 있다. 잎사귀도 없는 나무 아래 어수룩한 한 여자가 아이를 등에 업고 마냥 기다리는 장면은 한 편의 영화의 실루엣같이 아련하고 고결하다.

'머얼리'라는 시도 아련하다. 동네 어른들 하시는 말씀 숟가락 길게 잡으면 가난한 우리 집이 싫어 멀리 시집가고 싶어 숟가락 멀리 잡고 밥 먹었다. 지금도 아주 머얼리 있다.

- 머얼리 -

- 머언 사람아(박목월), 머언 바다(박용래), 먼 먼 젊음의 뒤안길에서(서정주) …

바슐라르의 몽상의 시학을 들추지 않아도 꿈꾸는 자와 시인들은 별처럼 먼 것을 좋아한다. 시가 짧지만 결코 짧게 느껴

116

지지 않는 시다. 아직도 멀리 있다-라는 중의와 함의는, 삶의 길에 애증의 발자취로 찍혀 마른 눈물을 고이게 한다.

멸치 장사 선동 모회자식/우리 엄마 멸치 장사라고 놀려대/어쩌다/우리 엄마 학교에 오시면/나는 우리 엄마 피해/포폴라 나무 뒤로 숨고/우리 엄마는/날 찾아 여기저기 기웃거리셨다. 멸치 장사 이 시를 다 인용할 수밖에 없는 것은 한 글자라도 놓치고 싶지 않아서다. 현대시에서 보는 그 흔한 기교, 그 현학적인 이미지의 난삽함, 읽으면 바로 페지함에 던지고 싶은 잘못된 시로 인하여 순수하고 맑은 시가 사라졌기에 정신 같이 봉선화 꽃잎으로 물든 한국의 아름다운 심성을 놓치고 싶지 않았다. 마치 봄날 수양버들 잎 돋는 사이, 호숫가에 일렁이는 봄바람이나 그 봄바람에 살랑이며 걸어가는 한 조선의 여인을 보는 것 같이 포근하고 그립다. '포플라나무' 뒤로 숨는 그 소박한 소녀의 모습을 지구 끝 그 어디에서 찾아볼 수 있을까. 오로지 가난하지만 끈끈한 정으로 다복하게 어리어있는 우리 '한국인의 시골과 고향 마을'이 아니고서는 깃들 수 없는 마음이다. '외롭지 않으려고 길들은 우체국을 세워 놓았다' - 이기철 시인의 가을 우체국 - 처럼 외롭지 않으려고 포플라 나무는 기다란 몸 뒤로 그 소녀를 감추어 두었다.

선운사라는 시에서도 수학여행 비가 없어 늘그막에서야 가 보고 선운사 붉은 단풍잎으로 울고 있는 모습이 뜨겁다 - 가난은 슬프지 않아도 주고 싶어 쓸쓸하다 - 라는 이동주 시인의 시 같다. 이 땅은 왜 저 바다처럼 평등하지 못한가 ·· 넓은 마음이라야 골고루 고르다는 생각은, 세월을 다 보낸 다음이라야 마지막 회한의 끝없는 바다와 하늘이 맞닿은 그곳이구나. 느끼는 심정에서 오는 여행이었다. 그리고 시인은 아버지와 술항굴 애기초분으로 시집을 피어나고 있다. 시인은 밤을 좋아한다. 모두 잠든 새벽에 영원히 깨어 세상을 응시하다 보면 딥필드처럼 남들이 보지 못하는 그 깊은 심연의 세계를 볼 수 있기 때문이다. 밤하늘의 별이 왜 빛나겠는가? 어둡고 캄캄한 고독이 있어야만 빛날 수 있는 것이다. 정현덕 시인도 마찬가지 ·· 길고 긴 어둠의 터널을 지나 이제는 빈 마음과 달관의 심경으로 살고 싶어 한다.

맑고 고운 햇빛 속으로 찬란히 웃는, 아무도 오지 않는 호젓한 오솔길에 어여쁘고도 향기로운 꽃으로 이 시집은 피어나고 있다. 가을에는 서성이는 것들로 가득하다. '서성인다' 라는 박노해 시인의 감성인데, 그 기저에는 '인간사랑 '인간 평등' 홍익인간에 바탕을 두고 있다. 그러나 그러지 못하는 현실에 좌절의 심정은 징검다리에 걸린 지푸라기처럼 쓸쓸하다. 시인과 철학자는 어차피 쓸쓸한 숙명을 안고 살 수밖에 없다. 높고도 아득한 세계에 살기 때문이다. 정 시인도 그 세계로 생을 걸어가게 하고 있어 이렇듯 좋은 시가 나오게 된 것 같다. 그러니 그대 사라지지 말아라 – 라는 말처럼 꿋꿋하게 나를, 그리고 세상을, 시로, 아픔으로, 그리움으로, 살아내야 하리라!!

118

사랑하는 이에게

초판발행 2022년 11월 3일

지 은 이 정현덕
펴 낸 이 강현만
펴 낸 곳 덤이
출판등록 2021년 6월 16일(번호738-90-01459)
주   소 01463)서울시 도봉구 도봉로104길130, 제103호
전   화 010-7925-2058
이 메 일 kanghm21@hanmail.net

ISBN 979-11-975097-5-9
값 10,000원
ⓒ 덤 2022

『 덤이 발간 』

덤 강현만 시집

아들에게 보내는 로망 이정예 산문

금빛수다 황산/한선희/한병기/최원녕/추연순
조계경/손근희/박정근/박인기/박민숙
박명아/명노석/김진택/김성호/강현만

어쩌다 좀비시대 강현만 산문

헬조선의 민낯 강현만 시집

사랑하는 이에게 정현덕 시집